ねこの町《まち》のダリオ写《しゃ》真《しん》館《かん》

小手鞠るい 作
くまあやこ 絵

講談社

ここは、ねこの町《まち》にある「ダリオ写真館《しゃしんかん》」です。

カメラマンのダリオさんは、写真《しゃしん》をとるのがとてもじょうずです。

写真館《しゃしんかん》の入《い》り口《ぐち》のそばにあるガラスのケースのなかには、これまで、ダリオさんのさつえいした写真《しゃしん》がたくさん、かざられています。

みんな、うれしそうな、幸《しあわ》せそうな顔《かお》をしています。

写真《しゃしん》のなかの幸《しあわ》せそうな顔《かお》を見《み》ていると、ダリオさんも幸《しあわ》せな気《き》もちになります。

ずっと前《まえ》になくなったおじいさん――おじいさんのなまえも、ダリオでした――から受《う》けついだ、この古《ふる》い写真館《しゃしんかん》をひ

とりでまもりながら、ダリオさんはきょうもいっしょうけんめい、しごとをしています。

「ええっと、ここにいすをおいて、モデルさんには、ここにすわってもらおう。もうひとりには、ここに立《た》ってもらおう。ライトの位置《いち》と角度《かくど》は、これでいいかな。いや、もうちょっとこっちに、よせておこうか……」

ライトにはきのこの形《かたち》をしたかさをつけ、カメラにはフィルムを入《い》れました。

さつえいスタジオのなかには、ごみひとつ、落《お》ちていませんすみからすみまで、そうじがゆきとどいています。

「さあ、これでじゅんびはできた。あとは、お客《きゃく》さんがやってくるのをまつだけだ」

まっている時間《じかん》に、ダリオさんは洋服《ようふく》をきがえました。
ピーンとアイロンのかかった、まっ白《しろ》なシャツに、お気《き》に入《い》りのちょうネクタイ。
くつはピカピカにみがいてあります。
ネクタイとくつの色《いろ》は、ダリオさんのひとみとおなじ、マ

リンブルー。

あたまには、赤《あか》いベレーぼう。ちょっとだけかたむけて、かぶります。

ズボンにも、ゆうべ、ていねいにアイロンをかけておいたので、しわひとつ、ありません。

きがえをすませると、ダリオさんは、かがみの前《まえ》に立《た》ってみました。

「よし！　これでいい！」

かがみには、世界一《せかいいち》かっこいい、ねこのカメラマンのすがたがうつっていました。

「こんにちは」

写真館《しゃしんかん》の入《い》り口《ぐち》のほうから、小《ちい》さな声《こえ》が聞《き》こえました。

どうやら、きょうのお客《きゃく》さんがやってきたようです。

「いらっしゃい、ようこそ写真館《しゃしんかん》へ」

ダリオさんは明《あか》るいえがおで、犬《いぬ》の村《むら》からやってきたお客《きゃく》さんをおむかえしました。

「はじめまして、マーガレットともうします。よろしくおねがいします」

おとなしそうな犬《いぬ》のおかあさんはそう言《い》って、ダリオさんにおじぎをしました。

「遠《とお》いところから、よくおいでくださいました。さあ、お入《はい》りください」

ふたりをスタジオにあんないしようとしたダリオさんでしたが、

「あれっ？」

ふしぎに思《おも》って、首《くび》をかしげました。

きょうのお客《きゃく》さんは、おかあさんとむすめさんのふたりで、さつえいするのは、むすめさんの「おたんじょう日《び》のきねん写真《しゃしん》」だと思《おも》っていたのですが――。

「あの、おじょうさんは？」

ダリオさんがたずねると、マーガレットさんは、
こまったような顔《かお》になりました。

うしろをふりむいて、ささやきかけました。

「ケイトちゃん、いつまでもかくれていないで、ダリオさんにちゃんと、ごあいさつしなきゃ」

ケイトは、たいへんなはずかしがりやさんなのです。

おまけに、ねこの町《まち》にやってきたのもはじめてなら、写真《しゃしん》をとってもらうのもはじめて。

はじめてのことばかりなので、さっきからしんぞうがドキドキしています。

「だいじょうぶだよ、ケイトちゃん。ぼくがとびきりすてきな写真《しゃしん》をとってあげるから」

ダリオさんがそう言《い》うと、ケイトはおかあさんのうしろから、しっぽの先《さき》だけをのぞかせてパタパタパタパタ。
しっぽのことばは「はい、よろしくおねがいします」のようでした。

ダリオさんは、マーガレットさんにたずねました。かくにんの意味《いみ》をこめて。

「きょうは、おたんじょう日《び》のきねんさつえいですね」

「あ、はい、それは、そうなんですけれど……」

マーガレットさんは、ほかにもなにか言《い》いたそうにしていたのですが、ダリオさんはそのことには気《き》がつきませんでした。

気《き》がつかないまま、ケイトの手《て》をとって、声《こえ》をかけました。

「ケイトちゃん、おたんじょう日《び》、おめでとう」

「ありがとう……ございます」

ケイトのほっぺたは、赤《あか》くそまっています。

もじもじしている親子《おやこ》を、やさしく包《つつ》みこむようなえがおで、ダリオさんは言《い》いました。

「きょうのふたりのファッション、色《いろ》もデザインもすてきですね。とってもよくにあっていますよ」

マーガレットさんは、ほっとしました。写真《しゃしん》さつえいにそなえて、買《か》ったばかりの新《あたら》しい洋服《ようふく》をきてきたのですが、にあっていなかったらどうしようと、しんぱいしていたのです。

さあ、本日《ほんじつ》のさつえいのはじまりです。

ダリオさんの顔《かお》が、きりっと引《ひ》きしまりました。

「ケイトちゃんは、
このいすにこしかけてくれるかな。
マーガレットさんは、ななめうしろに
立《た》って、ケイトちゃんの肩《かた》にそっと手《て》を
おきましょうね。ああ、いい感《かん》じです」
ふたりに話《はな》しかけるときには、
やわらかいいえがおになります。

「はい、それでは、一まいめをとりますね。ふたりとも、このカメラのレンズを見《み》つめて、にっこり笑《わら》いましょうか。そうそう、そんな感《かん》じ」

ダリオさんは足《あし》をしっかりふんばって、カメラをかまえると、右手《みぎて》でシャッターのボタンをおしました。

パシッ、と、かわいた音《おと》がして、まるであたりの空気《くうき》に切《き》れめが入《はい》ったかのようです。

一まいめのさつえいが終《お》わりました。

「もう一まい、とりますね。こんどは、ふたりでおたがいの顔《かお》を見《み》つめあってみましょうか。見《み》つめあって、にっこり。

ああ、すてきだなぁ、
ケイトちゃん、かわいいなぁ」
パシッ。
二まいめのさつえいが
終《お》わりました。

マーガレットさんとケイトは
ほっとして、ふたたび
顔《かお》を見《み》あわせて、
にっこりしています。
ダリオさんも、
にっこりしています。
でも、心《こころ》のなかでは、
こんなことを考《かんが》えています。
もうすこし、光《ひかり》の量《りょう》を
ふやしてみようかな。

それに、このふたりの毛《け》の色《いろ》を、より美《うつく》しく、あざやかに見《み》せるためには、もっとやわらかいライトのほうが、いいのかもしれない。

あれこれ考《かんが》えながら、ライトの光《ひかり》をちょうせいしたあと、

「さあ、三まいめです。マーガレットさんはケイトちゃんのとなりに立《た》って、こしをかがめてみましょうか。こんなふうに」

じぶんでポーズをとって、マーガレットさんに見《み》せます。

パシッ。

三まいめのさつえいが終《お》わりました。

ダリオさんはふたりのそばまで歩《ある》いていって、いすをかたづけると、

「つぎは、ケイトちゃんは立《た》ったままで、マーガレットさんもとなりに立《た》ったままで、ふたりなかよく手《て》をつないでみましょうね。さあ、これからふたりで、楽《たの》しいお買《か》いものに出《で》かけるところです」

四まいめ、五まいめ、六まいめも終《お》わりました。

ダリオさんはなかなか「これで終《お》わりです」と言《い》いませんん。

七まい、八まい、九まい、十まい。

七まいめと九まいめは、けっこううまくとれたかな、と、ダリオさんはまんぞくしています。

けれども「もっと、もっと、いいものがとれるはずだ」とも思《おも》っています。

そんな思《おも》いを心《こころ》のなかにしまったまま、あくまでもやさしく、にこやかに、ふたりに声《こえ》をかけました。

「じゃあ、いまからちょっと、休《きゅう》けいしましょう。もうじき、リリアさんとレオくんとルルちゃんもあそびに来《き》てくれることになっていますから」

ダリオさんはそう言《い》って、スタジオのかたすみにおいてあるソファーのほうへ、ふたりをあんないしました。

「ぼくがおいしい紅茶《こうちゃ》を入《い》れます」

紅茶《こうちゃ》の入《はい》ったポットと、六人分《にんぶん》のカップをおぼんにのせて、ダリオさんが運《はこ》んできたとき、

「ダリオさん、こんにちは」

「こんにちは、ダリオさん」

「こんにちは、カメラマンさん」

入《い》り口《ぐち》のほうから、三つの声《こえ》がかさなりあって、聞《き》こえてきました。

リリアさんと、ふたごのきょうだいのレオとルルがたずねてきたのです。

犬《いぬ》の村《むら》に住《す》んでいるマーガレットさんに、ダリオ写真館《しゃしんかん》の

ことをおしえてくれたのは、ねこの町《まち》でパンやさんをいとなんでいるリリアさんでした。マーガレットさんはときどき、リリアさんのパンやさんに、やきたてのパンを買《か》いに来《く》るのです。

「リリアのパン」と「ダリオ写真館《しゃしんかん》」はおなじ通《とお》りに立《た》っていて、ダリオさんとリリアさんはなかよしの友《とも》だちです。

きょうのリリアさんは、かわいらしいバスケットを手《て》にしています。

「やきたてのマドレーヌよ。とってもおいしくやけたの。みんなでいただこうと思《おも》っておもちしたの」

マドレーヌというのは、こむぎこ、バター、さとう、たまごなどをまぜこんで、しっとりとやきあげたおかしです。

「それはそれはありがとう。ちょうど、休《きゅう》けいをしようとしていたところなんだ。さあ、みんな、こちらへ」

ダリオさんはバスケットを受《う》けとると、

「ああ、いいかおりだ」

においをくんくんかぎました。

「こっちはオレンジのあじ、こっちはアーモンドのあじ」

レオがせつめいしました。

ルルはケイトのそばにちょこんとすわって「はじめまして！」とあいさつをしています。

六人は、まるいテーブルをかこんで、紅茶《こうちゃ》をのみながら、マドレーヌを食《た》べました。

レオとルルとケイトは、すぐになかよしになりました。

「ところで、さつえいは、うまくいったの？」

リリアさんは、となりにすわっているダリオさんに、たずねました。

「うん、でもあともうちょっとだけ、がんばってみようかなと思《おも》ってるんだ」

そこまで答《こた》えたとき、ダリオさんの頭《あたま》のなかに、あるアイディアがひらめきました。

まるで、頭《あたま》の上《うえ》に明《あか》るい光《ひかり》がピカッと、ともったみたいです。

「リリアさん、ひとつ、おねがいがあるんだけど」

ダリオさんは、
リリアさんにだけ
聞《き》こえるような声《こえ》で、
あるアイディアについて、
話《はな》してみました。
「あのね、これは
『写真《しゃしん》のひみつ』
なんだけど……」

写真《しゃしん》のひみつ——。

それはいったい、どんなひみつなのでしょう。

紅茶《こうちゃ》のカップをおさらにもどすと、リリアさんは、パチンと手《て》をたたきました。

「わかったわ！　たしかにそれは、グッドアイディアね！　まっててね。すぐにもってくるから」

リリアさんは立《た》ちあがって、ダリオ写真館《しゃしんかん》から出《で》ていきました。まるで風《かぜ》がふきぬけていったかのような、あっというまのできごとでした。

ほどなく、もどってきたリリアさんは、大《おお》きな四角《しかく》い箱《はこ》をかかえていました。

なかには、いったいなにが入《はい》っているのでしょう。

「さあ、これでうまくいくわね」

リリアさんは箱《はこ》をあけると、なかからドレスを二まい、とりだしました。

ダリオさんは力強《ちからづよ》く、うなずいています。

「ケイトちゃんはこれを、マーガレットさん、あなたはこれをきて」

リリアさんからさしだされたドレスを見《み》て、ふたりは目《め》を細《ほそ》めました。
ドレスにぬいつけられている、きらきら光《ひか》る星《ほし》のかざりが
まぶしかったからです。

「うわぁ、すてき！」
「女王《じょおう》さまとおひめさまみたい」
ドレスにきがえたふたりのすがたを見《み》た、リリアさんとレオとルルは目《め》をまんまるにして、パチパチ手《て》をたたきました。

さっきまでのふたりとは、べつじんのようです。

「まるで絵本《えほん》からぬけだしてきたみたい！」

それは去年《きょねん》、クリスマスのパーティのために、リリアさんのこしらえたドレスでした。ケイトとルル、そして、マーガレットさんとリリアさんのからだの大《おお》きさは、ちょうどおなじくらいなので、ドレスもぴったりなのです。

ダリオさんのひとみが、きらりと光《ひか》りました。

うん、これでうまくいく。

モデルさんに、楽《たの》しい気《き》もちになってもらうこと。

わくわくして、ドキドキして、心《こころ》のそこから笑《わら》って、幸《しあわ》せな気《き》もちになってもらうこと。
そうすれば、世界一《せかいいち》すばらしい写真《しゃしん》がとれる――。
これが、ダリオさんの知《し》っている「写真《しゃしん》のひみつ」だった
のです。

レオも服《ふく》をきがえてきました。

「おお、王子《おうじ》さまのとうじょうだ！」

ダリオさんがさけびました。

犬《いぬ》の女王《じょおう》さま、犬《いぬ》のおひめさま、
ねこの王子《おうじ》さまがせいぞろい。

ルルもあわてて洋服《ようふく》をきがえました。

「ねこの天使《てんし》のとうじょうです」

ルルのせなかには、天使《てんし》の羽《はね》がはえています。この衣装《いしょう》は、ルルのならっているバレエの発表会《はっぴょうかい》のために、リリアさんがぬいあげたものでした。

「さあ、さつえい大会《たいかい》のはじまりだ！」

ダリオさんはカメラをかまえました。

ドレスの星《ほし》に負《ま》けないくらい、マリンブルーのひとみがきらきら、かがやいています。

パシッ、パシッ、パシッ……

スタジオのなかに、リズミカルなシャッターの音《おと》がひびきわたりました。

「さあ、おつぎはハロウィンよ」

リリアさんは、箱《はこ》のなかからつぎつぎに、ドレスや小道具《こどうぐ》をとりだします。

マーガレットさんは魔法《まほう》つかいに、ケイトは黒《くろ》ねこに、レオとルルはオレンジ色《いろ》のかぼちゃのおばけに変装《へんそう》しました。

ダリオさんはむちゅうでさつえいしました。
時間《じかん》のたつのもわすれて。

「はぁい、それじゃあ、
これがさいごの一枚《まい》だ。
リリアさんも入《はい》って」
さいごは全員《ぜんいん》そろって、
きねんさつえい。
もちろん、ダリオさんも
いっしょに。
セルフタイマーを使《つか》って、
パシャッ。

「楽《たの》しかったなぁ」

「きっと大《だい》けっさくの写真《しゃしん》ばかりよ」

「できあがりが楽《たの》しみです」

「できあがったら、ぼくがとどけに行《い》きます。まっていてくださいね」

「はい、楽《たの》しみにおまちしています」

「ダリオさん、ありがとう。リリアさん、ありがとう」

「ケイトちゃん、こんど、いっしょにあそぼうね」

マーガレットさんとケイトは、ダリオさんとリリアさん、レオとルルになんどもお礼《れい》を言《い》って、写真館《しゃしんかん》をあとにしました。

つぎの日《ひ》のことです。

きょうは、ダリオ写真館《しゃしんかん》の定休日《ていきゅうび》です。

ダリオさんは車《くるま》にのって、お出《で》かけしました。

カメラのつぎに好《す》きなのは車《くるま》です。

ダリオさんの車《くるま》は、まっ赤《か》なスポーツカー。この車《くるま》には、やねがありません。きょうみたいにお天気《てんき》のいい日《ひ》には、風《かぜ》がびゅんびゅん入《はい》ってきて、とってもも気《き》もちがいいのです。

ダリオさんのファッションは、コットンのシャツにスカーフ、ブルージーンズにスニーカー、サングラス。

お休《やす》みの日《ひ》だって、世界一《せかいいち》かっこいいカメラマンです。

「さあ、出発《しゅっぱつ》だ！」

行《い》き先《さき》は、とくに決《き》めていません。

エンジンをかけて、ハンドルをにぎると、

「よし、あの雲《くも》の下《した》まで行《い》こう」

くじらの形《かたち》をした雲《くも》をめざして、走《はし》りはじめました。

写真《しゃしん》さつえいのつぎに好《す》きなのは、車《くるま》の運転《うんてん》です。

助手席《じょしゅせき》には、おべんとうの入《はい》ったかばんがおかれています。今朝《けさ》、リリアさんのお店《みせ》で買《か》ってきたバゲットに、ゆでたまごとレタスとチーズをはさんだサンドイッチ。すいとうのなかには、じぶんでしぼったオレンジジュース。

もちろんカメラももっています。

ドライブのとちゅうで、
めずらしい草花《くさばな》や木《き》や、
かわいい小鳥《ことり》や虫《むし》を見《み》つけたら、
写真《しゃしん》をとろうと思《おも》っています。
　くねくね曲《ま》がった道《みち》も、
じょうずにすいすい運転《うんてん》し、
いくつかの丘《おか》をこえ、見晴《みは》らしの
よい野原《のはら》の近《ちか》くまでやってきたとき、
ダリオさんはブレーキをかけて、
車《くるま》をとめました。

まるで緑《みどり》の海《うみ》みたいな野原《のはら》のまんなか――雲《くも》のくじらが潮《しお》を吹《ふ》いているあたり――で、楽《たの》しそうにあそんでいる子《こ》どもたちのすがたが見《み》えたからです。

風《かぜ》にのって、にぎやかな声《こえ》が聞《き》こえてきます。

ときどき、ボールが雲《くも》にとどきそうなくらい、高《たか》く、高《たか》く、あがります。そのたびに、「わぁっ」と、大《だい》かんせいがあがります。

ダリオさんは車《くるま》からおりると、首《くび》からカメラをぶら下《さ》げて、まっすぐに、野原《のはら》のほうへ歩《ある》いていきました。

やがて、子《こ》どもたちのすがたが、はっきりと見《み》えてきました。どうやらサッカーをしているようです。

どちらのチームも、犬《いぬ》の子《こ》どもたちです。

いえ、おとなも何人《なんにん》か、まじっています。

みんな、どろだらけになって、

ボールを追《お》いかけています。

なんて、楽《たの》しそうなんだろう。

なんて、生《い》き生《い》きしているんだろう。

ダリオさんは感動《かんどう》しています。
カメラをかまえて、
写真《しゃしん》をとりはじめました。
レンズをむけて、
ピントをあわせたとき、
だれかがゴールにむかって、
いきおいよくボールを
けりました。

KATE

バシーン。
ヒュルルルーン。
「おお!」
シャッターを切《き》りおえたダリオさんは、思《おも》わず声《こえ》をあげました。
なんと、みごとなシュートを決《き》めたのは、子犬《こいぬ》のケイトだったのです。
半《はん》ズボンに半《はん》そでのシャツ。
あの、はずかしがりやの小《ちい》さな女《おんな》の子《こ》に、こんなさいのうがあったなんて。

ダリオさんは、ケイトのすがたを追《お》いかけながら、シャッ
ターを切《き》りつづけました。

ボールをけって、
パスをするケイト。

ジャンプして、
頭《あたま》でボールを受《う》けるケイト。

走《はし》るケイト、
飛《と》びあがるケイト。

ころんでしまったケイト、
どろだらけ、汗《あせ》まみれのケイト。
たくましいそのすがた、
いさましい犬《いぬ》の女《おんな》の子《こ》。

むがむちゅうで、さつえいしました。

それから一週間《しゅうかん》ほどがすぎた、ある日《ひ》のことです。

「こんにちは。小《こ》づつみをおとどけに来《き》ました」

犬《いぬ》の村《むら》のゆうびん局長《きょくちょう》は、自転車《じてんしゃ》に乗《の》って、山《やま》を三つほど越《こ》えたところにある村《むら》までやってきました。ねこの町《まち》よりもさらに遠《とお》いところにある村《むら》です。

きょうのはいたつは、この小《こ》づつみだけです。

それはどうしても、きょうじゅうに、とどけなくてはならない小《こ》づつみでした。

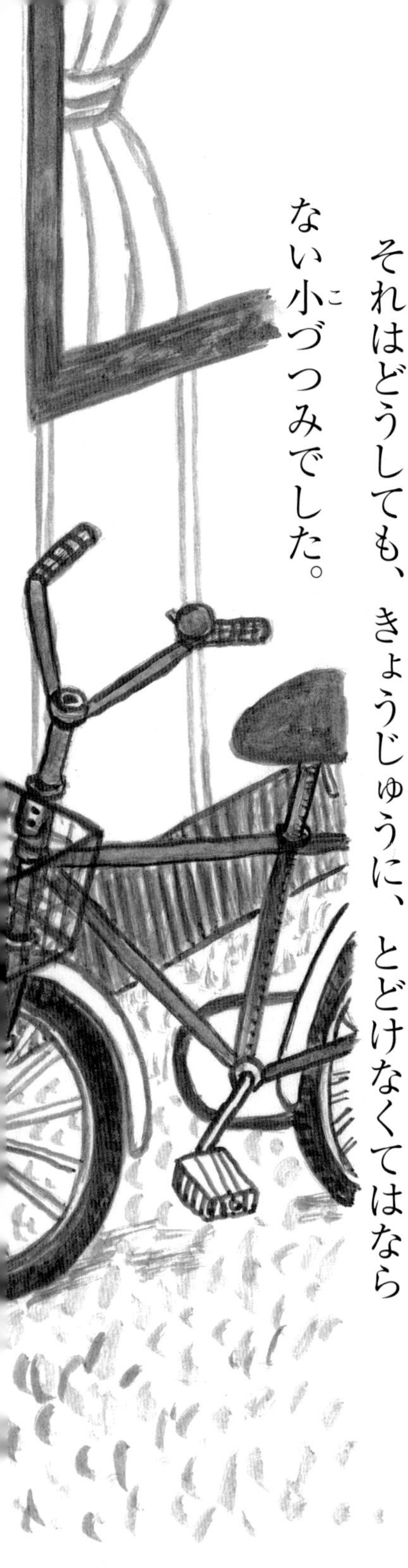

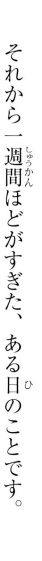

POST
POST
POST

「遠《とお》いところまで、はいたつに来《き》てくださって、ありがとうございます」

マーガレットさんのおかあさん、つまり、ケイトのおばあさんはそう言《い》って、局長《きょくちょう》から小《こ》づつみを受《う》けとりました。

ずっしりと重《おも》い小《こ》づつみ。

おととい、ケイトがゆうびん局《きょく》までもっていった小《こ》づつみでした。おかあさんに手伝《てつだ》ってもらって、こわれないよう、ていねいにしっかりとつつんだものです。

ケイトのおばあさんは、ゆうびん局長《きょくちょう》におみやげのりんごを手《て》わたして、見送《みおく》ったあと、小《こ》づつみをあけてみました。

POST
POST

「まあ！　なんてすばらしい！」

おばあさんは、小《こ》づつみのなかに入《はい》っていた「もの」を手《て》にすると、おじいさんに見《み》せに行《い》きました。

おじいさんは二、三日《にち》まえからかぜをひいて、ベッドで休《やす》んでいたのです。

「ケイトちゃんから、こんなものがとどきましたよ」

おじいさんは、からだを起《お》こすと、おばあさんから受《う》けとったものを見《み》つめました。じっと見《み》つめました。

じっと、じっと、見《み》つめました。

それは、りっぱな額《がく》におさめられた一まいの写真《しゃしん》でした。
そこには、孫《まご》のケイトの写真《しゃしん》が入《はい》っていました。ボールにむかって、元気《げんき》いっぱい、ジャンプしている写真《しゃしん》です。

うれしくて、ことばが出《で》てきません。かわりに、うれし涙《なみだ》がふたつぶ。

小《こ》づつみのなかには、額《がく》のほかに、ぶあついアルバムが一さつ。

アルバムには、たくさんの写真《しゃしん》がならんでいました。ながめていると、写真《しゃしん》のなかから、ケイトたちの笑《わら》い声《ごえ》が聞《き》こえてくるようでした。

アルバムのさいごのページに、一まいの手紙《てがみ》がはさまれていました。

手紙《てがみ》には、こんな文章《ぶんしょう》が書《か》かれていました。

だいすきなおじいちゃんへ
おたんじょうび、おめでとうございます。
これからもげんきで、ながいきしてください。
なつやすみになったら、あそびにいきます。
これは、おたんじょうびのプレゼントです。
ねこのまちにあるしゃしんかんの
ダリオさんがとってくれました。

ケイトより

小手鞠るい｜こでまりるい

1956年岡山県生まれ。同志社大学法学部卒業。1981年「詩とメルヘン賞」、1993年「海燕」新人文学賞、2005年『欲しいのは、あなただけ』で島清恋愛文学賞受賞、2009年絵本『ルウとリンデン 旅とおるすばん』（北見葉胡／絵）がボローニャ国際児童図書賞受賞。2012年『心の森』が第58回全国青少年読書感想文コンクール課題図書に選ばれる。他に『エンキョリレンアイ』『アップルソング』『シナモンのおやすみ日記』『きみの声を聞かせて』『ねこの町のリリアのパン』など。

くまあやこ

1972年神奈川県生まれ。中央大学ドイツ文学専攻卒業。装画作品に『はるがいったら』（飛鳥井千砂／著）、『スイートリトルライズ』（江國香織／著）、『雲のはしご』（梨屋アリエ／著）、『世界一幸せなゴリラ、イバン』（キャサリン・アップルゲイト／著・岡田好惠／訳）、『海と山のピアノ』（いしいしんじ／著）、など。絵本に『そだててあそぼうマンゴーの絵本』（よねもとよしみ／編）『きみといっしょに』（石垣十／作）など。

シリーズマーク／いがらしみきお
ブックデザイン／脇田明日香

この作品は書き下ろしです。

わくわくライブラリー
ねこの町《まち》のダリオ写真館《しゃしんかん》

2017年11月6日　第1刷発行

作　小手鞠《こでまり》るい
絵　くまあやこ
発行者　鈴木 哲
発行所　株式会社講談社
〒112-8001 東京都文京区音羽2-12-21
電話　編集 03-5395-3535　販売 03-5395-3625　業務 03-5395-3615
印刷所　慶昌堂印刷株式会社
製本所　黒柳製本株式会社

N.D.C.913 79p 22cm ©Rui Kodemari / Ayako Kuma 2017 Printed in Japan
ISBN978-4-06-195787-9